Couvertures supérieure et inférieure
en couleur

LETTRE

U SUJET DE LA RENTRE'E

DE LA DEMOISELLE

E MAURE

A L'OPERA,

CRITE A UNE DAME DE PROVINCE
par un Solitaire de Paris.,

vec une Parodie de la quatriéme Scene du
troiſiéme Acte de Zaïre ; Et quelques Pieces
en Vers ſur le même ſujet.

*[par le chevalier de
neufville - montador.]*

A BRUXELLES.

M. DCC. XLI

LETTRE

Au sujet de la rentrée de la Demoiselle LE MAURE à l'Opera.

MADAME ....

JE vous impatienterois, Madame, si je voulois attendre à vous faire réponse que je sçusse l'histoire de la vie de Mademoiselle LE MAURE. Je suis trop ami de la vérité pour vous donner comme des certitudes, ce qui n'est souvent que des fables de Gaffé.

Je veux tout examiner avant que de vous en faire part : je ne suis point assez curieux d'écrire pour tout enregistrer sans choisir, & je ne vous respecte pas assez peu pour vous faire des récits que de mieux informés pourroient démentir, & qu'en conscience je serois obligé dans la ſuite de démentir moi - même.

Ainſi, Madame, ne vous atten-
dez à apprendre aujourd'huy que ce
qui eſt de ma connoiſſance ; c'eſt-
à-dire l'hiſtoire de ſa derniere retraite de l'Opera, & de la nouvelle *
rentrée qu'elle vient d'y faire.

L'année derniere, à peu près dans
le même tems où nous ſommes,
& qu'on joüoit le même Opera de
JEPHTE' Mademoiſelle LE MAURE
ſe trouva dans un petit dérangement
périodique de ſanté, qui communé-
men: l'affoibliſſoit trop pour lui laiſ-
ſer la liberté de chanter.

Elle avoit déja en pareilles cir-
conſtances fait pluſieurs fois faux-
bond au Public, depuis même
qu'elle en étoit devenuë l'Idole.
Elle étoit en poſſeſſion de ſe faire
plaindre & regretter, ſans qu'il lui
fut encore arrivé de ſe voir contrainte
à l'amuſer dans ces moments criti-
ques.

* La Demoiſelle LE MAURE s'étoit déja retirée du Théâtre piuſieurs fois.

Elle croyoit que faire les délices du Spectacle & y regner étoit tout un. Sur ce principe, se regardant comme souveraine de l'Opera, elle ne s'attendoit point qu'on pût oser la soumettre à la rigueur de certaines loix, qu'elle ne croyoit faites que pour contenir l'arrogance des autres membres de l'Académie, qui à ses yeux n'étoient qu'une vile populace.

Les Chefs de ce Spectacle croyoient de leur côté payer assez ses talens, pour ne point être obligés d'avoir pour elle des complaisances si fréquentes, & qui auroient pû la familiariser avec les caprices, ils voulurent donc la forcer à représenter.

Si l'on accuse le Sexe en général d'opiniatreté, vous appreniez bien Madame, à ceux qui vous connoissent que c'est une injustice, mais il est certain que ce vice est avec beaucoup d'autres, le caractere des Actrices, & sur-tout des Actrices en réputation.

Par malheur il eſt à ſon plus haut dégré, en celle dont je vous entretiens. Vous n'en ſerez point ſurpriſe ſi vous faites réflexion que moins on a d'eſprit, plus on a d'obſtination.

Enfin un des Directeurs oſa faire arrêter cette Reine de la Scene lyrique, & elle fut conduite au Fort-l'Evêque ; elle prit la choſe fort à cœur, & loin que cette correction la rendit plus traitable elle ſe revolta tout-à-fait ; elle réſolut de rompre tout commerce avec des gens ſi peu reſpectueux pour un mérite auſſi éminent que le ſien.

Mais comment faire ? elle étoit liée par un engagement, il ne lui étoit pas plus permis de déſerter qu'il ne l'eſt à un ſoldat. Vous m'avouerez, Madame, que pour quelqu'un qui croit regner, voilà un état bien mortifiant. Elle n'avoit qu'un ſeul chemin à prendre pour obtenir ſa liberté & ſon congé, c'étoit de ſe dévoüer à la dévotion.

Sa Sœur qui, à ce qu'on dit, est assez spirituélle pour deux, & qui auroit souhaité depuis long-tems de voir prendre à celle-ci le parti de la retraite, saisit cette occasion, esperant que petit à petit elle gagneroit sur elle de réaliser ce qu'elle pouvoit n'adopter alors que par feinte.

Deux Dames zelées pour le Salut de leur prochain, joignirent leurs sollicitations aux conseils de la Sœur. Quelqu'inconnuë & rebutante que fût pour Mademoiselle LE MAURE la route qu'elles lui proposoient, elle lui parut encore mieux cadrer avec son orgueilleux entêtement, que tout ce qu'elle auroit pû imaginer; elle accepta le parti se réservant selon les apparences de n'en faire qu'un jeu.

On l'avoit tant flattée qu'elle étoit excellente Actrice, qu'elle se persuada d'y réussir sans peine. En effet, s'il est difficile d'être véritablement dévote, il est assez aisé d'en faire le semblant.   A iiij

Elle fit donc signifier qu'elle se consacroit à la PIETE'. Voilà un mot auquel on n'a point de réponse à l'Opera, c'est comme le *fans dot d'Harpagon.* On cede à ce bon dessein. La voilà libre, & pour faire voir la solidité de sa résolution, elle destine ses ports brillants de voix à des leçons de Tenebres.

Le concours qui se faisoit aux Eglises où elle chantoit, les rendoit le Spectacle le mieux composé & le mieux rempli. A vous dire le vrai, Madame, je crois que le Diable n'y perdoit rien.

Quoique les talens changent d'objet on ne se dépouille pas facilement de la petite vanité qu'on sent à les posseder. On ne pense pas toujours à Dieu dans les choses qu'il semble qu'on fasse pour lui : Il seroit bien mal servi si l'on n'y trouvoit pas son propre compte. Voilà pour la chanteuse.

Pour les Spectateurs, ils s'embarrasloient autant de Jéremie que le grand Turc. C'étoit moins ce que chantoit Mademoiselle LE MAURE qui les touchoit, que la façon dont elle chantoit, en sorte qu'à l'Eglise on pensoit autant à elle qu'à l'Opera; mais ce ne sont point nos affaires, n'est-ce pas? laissons donc-là les réflexions morales.

Mademoiselle LE MAURE étoit une conquête de trop grande importance à la Pieté, pour ne point faire tout ce qui seroit possible afin de la retenir. Les personnes qui s'interressoient vivement à son Salut lui procurerent pour l'affermir dans sa résolution les bons avis de Monsieur l'Abbé B**, vous ne le connoissez point, Madame, il est juste de vous en donner une idée.

Il ne s'agit pas de vous parler de la figure, qui n'étant rien chez l'honnête homme, n'est pas ce qui le caracterise. Cependant on voit dans la sienne tout ce qu'il est.

D'une gracieuse societé;il est homme de bien, sans affecter de le faire
sentir aux autres ; il a plus qu'aucun
la science de son état, & l'usage qu'il
en fait la rend aimable ; il brille sur-
tout par un zele ardent & éclairé.
Son objet principal est le Salut de
ces jeunes personnes égarées, dont
souvent l'indigence a fait échouer la
vertu. Son industrieuse charité sçait
les découvrir & les attirer à Dieu par
des discours plus pleins de tendresse
que de reproches. Ce n'est pas avec
violence qu'il rompt les chaînes, il
les dissout par la douceur. Il faut que
celles qui échapent à ses saintes re-
cherches soient absolument per-
duës.

Il est autant révéré qu'il le doit
être par tous ceux qui le connoissent.
En particulier un vertueux Prince,
plus respectable encore par sa pieté,
que par son auguste rang, l'honore
d'une estime singuliere, & dont il
est digne. Vous jugez aisément,

Madame, qu'un pareil homme étoit fort capable de mettre à fin l'ouvrage commencé.

Il y réussit en effet si bien, qu'il ne fut question long-tems que de cette conversion. Il falloit entendre tous les discours qu'on en tenoit, & les éloges pompeux qu'on prodiguoit à Mademoiselle LE MAURE; peu s'en falloit qu'on ne la canonisât sans autre information, & ç'auroit été un coup bien heureux si cela s'étoit pû faire. Quand on y voudra revenir (si par hazard la chose arrive) l'Avocat du Diable en aura beaucoup à dire, & je crains fort qu'elle ne perde son procès.

Le bruit public étoit qu'elle s'alloit faire Religieuse : mais le Public est un animal qui parle à tort & à travers, & une fille comme Mademoiselle LE MAURE, n'est point obligée à lui faire dire vrai. Enfin elle ne se fit pas Religieuse, mais elle menoit une vie extérieurement réguliere.

L'augufte Prince dont j'ai parlé,
& qui purifiant les vertus de Titus,
fait compter aufïi foigneufement que
lui , tous les jours par de nouveaux
bienfaits , lui tendit une main
protectrice, & lui accorda une pen-
fion, moins fans doute pour la fe-
courir que pour l'honorer ; elle l'accepta , comme vous n'en doutez
point , par plufieurs raifons.

D'abord, c'eft qu'on ne refufe pas
des dons d'une telle main ; enfuite,
c'eft que jamais fille de l'Opera n'a
fçu rien refufer, enfin , c'eft que
Mademoifelle LE MAURE eft moins
que toute autre dans cet ufage.

Néanmoins elle avoit la vanité de
publier qu'elle n'avoit garde de ravir à de plus pauvres qu'elle les libé-
ralités de ce Prince pieux. La croyoit
qui vouloit, & bien des gens y ont
été attrapés, jugeant qu'avec fept ou
huit mille livres de rentes, une fille
comme elle pouvoit en effet vivre
commodément,

Elle eſt reſtée dans cet état d'obſ-
curité environ un an, cruë par les uns
dèsintereſſée & dévote, revenuë
des plaiſirs, dépriſe de l'enſorcelle-
ment du monde, décidée enfin pour
une vie tranquille & retirée. Par
d'autres regardée uniquement comme une inconſtante, que le caprice
avoit déja dégouté deux fois de ſon
métier, mais qui tôt au tard le re-
prendroit. L'on vient de voir que ces
derniers avoient raiſon, & auroient
gagné s'ils euſſent fait des gageures

On n'avoit point oublié Mademoiſelle LE MAURE dans le monde;
les amateurs de l'Opera ne ſe conſo-
loient point de ſa perte. On eut dit
que le ſouvenir qu'ils en gardoient,
étoit une ombre plaintive attachée à
leurs pas, & qui les lutinoit par tout.
Ils la redemandoient avec un em-
preſſement qui tenoit de la fureur,
& il étoit du bon air, comme vous
le croyez bien de ſuivre ce torrent.
Auſſi tel petit ſot fraichement débar-

qué du fond de sa Province, où peut-
être il n'avoit jamais entendu nomer
l'Opera, n'avoit point été une fois ou
deux à ce Spectacle, qu'il redisoit
comme les tenans les plus assidus,
ch! la LE MAURE *manque bien*
ici : jamais l'Opera ne vaudra ce
cu'il valoit avec la LE MAURE:
la perte qu'on a fait de la LE
MAURE *est une perte irréparable:*
& mille autres exclamátions qu'il faisoit par contenance, & pour se donner bruit de connoisseur & de fin
gourmet d'Opera.

Tous ces cris, toutes ces plaintes
parurent d'une si grande importance
à un certain Eclésiastique *ad honores,*
qu'il crut devoir se charger de les
faire entendre à celle qui en étoit
l'objet. Le voilà Procureur Général
de la Commission, portant la parole
au nom du Public.

Demeurant dans la même maison
que l'Actrice, il avoit plus de faci-

lité que perfonne pour perfectionner
cet ouvrage. Il avoit étudié le caractere de Mademoifelle LE MAURE
(fuppofé qu'elle en ait un): au moins
il avoit fçu faifir fes goûts ; & felon
l'ufage de fes collegues les Petits col-
lets du bon air, il s'étoit fait un vrai
Prothée pour s'infinuer dans ce cœur
Caméléon. Peut-être ne lui en avoit-
il pas trop couté ; c'eft pour ainfi dire
l'effence de ces Meflieurs les Abbés
Poupins ; ils font pétris d'inconftance
& de légereté.

Celui-ci prit donc toutes les for-
mes qu'il fallut prendre pour amener l'Actrice à fon but.

"La vie que vous menez , lui di-
"foit-il , doit vous fembler bien
"étrange ; une fille comme vous ,
"fêtée , adorée , idolâtrée dans
"toutes les meilleures compagnies ,
"réduite à la focieté infipide d'une
"fœur prude , qui fait avec vous la
"Maîtreffe des Novices , & qui ne
"vous parle que de la *Guide des*

« *Pécheurs* , & de l'*Introduction*
« *à la Vie Dévote*. En vérité je
« ne puis en revenir. Fi donc! n'a-
« vez-vous pas de regret de tendre
« ainſi le col au joug qu'elle vous
« impoſe ?

« Vous n'avez pû ſouffrir les airs
« impérieux d'un Directeur de l'Aca-
« démie Royale ; c'eſt une noble
« fierté qui vous a fait agir , & l'on
« ne peut vous blâmer d'avoir des
« ſentimens. Mais enfin n'auroit-il
« pas mieux valu ramper ſous lui,
« & demeurer ſujette à des loix qui
« ſont faites pour tant d'autres que
« vous, que de ramper & de pren-
« dre des loix d'une ſœur que vous
« conſidériez aſſez peu pour l'avoir
« fait votre femme de chambre en
« public.

« Encore une fois , s'il faut obéïr
« au Directeur de votre Spectacle ;
« ſi c'eſt une humiliation , au moins
« eſt-elle utile & profitable. Vous
« avez eu quelques couleuvres à
avaler.

« avaler avec lui ; mais n'étiez-vous
« pas payée pour cela. L'argent fait
« oublier bien des chagrins & con-
« fole de beaucoup de maux ; mais
« être tous les jours gourmandée,
« exhortée, fermonée pour rien,
« ma foi ce n'eft pas la peine, & je
« trouve cette fituation cent fois
« plus révoltante.

« Croyez-moi, rompez les liens
« qui vous attachent à cette fœur,
« & défaites-vous de cette furveillan-
« te incommode ; après fon éloigne-
« ment vous verrez revenir à vous
« quantité de gens qui fe font une
« peine de vous voir dans la dépen-
« dance, & qui vous méfeftiment
« de cette foibleffe. Si-tôt qu'elle ne
« vous obfedera plus par fes confeils,
« vous rougirez de la vie inutile que
« vous menez, vous qui êtes née
« pour les plaifirs du Public.

« Ce n'eft que par envie que cette
« fœur vous a engagée à quitter le
« Théâtre dont vous êtiez la Reine,

" & où elle n'étoit connue que pour
" votre très-humble fuivante. Vos
" talens fupérieurs l'ont rendüe ja-
" loufe au point que connoiffant
" qu'elle n'en avoit aucun , elle a
" mieux aimé travailler à enfouir les
" vôtres, que de fouffrir plus long-
" tems le reproche qu'il lui faifoit de
" fon peu de mérite. Deviez-vous
" donner dans fes panneaux , &
" maintenant que vous les connoif-
" fez pouvez-vous differer à vous en
" affranchir ?

" Sentez – vous bien la différence
" de la vie que vous avez menée à
" celle que vous traînez maintenant ?
" Vous la fentirez bien mieux fi vous
" voulez abandonner celle-ci , &
" reprendre la premiere.

" D'abord mettez-vous bien dans
" l'efprit, que le monde fait d'autant
" d'autant plus de plaifir qu'on a plus
" gar é la retraite. Comparez les
" repas ennuyeux que vous faites vis-
" à-vis cette mélancolique phifio-

« nomie ; ces repas où à peine trou-
« vez-vous le tems de boire deux
« coups, avec ces petits soupers fins,
« ou avec un homme qui vous adore,
« vous vuidiez parmi les plus joyeux
« propos, cinq ou six bouteilles du
« plus fin Bourgogne, & vous décoëf-
« fiez autant & plus de bouteilles de
« vin de Champagne du plus pétil-
« lant, du plus tapageur, dont vous
« voyiez les bouchons frapper les
« Plafonds, les gouleaux s'élancer
« en mousse, retomber en une bruine
« imperceptible, & le reste de cette
« liqueur écumante faire le lait sur
« la table & inonder la nappe. Quel
« divertissement n'est-ce pas ? Quelle
« source de bons mots & d'amusan-
« tes plaisanteries !

« Mais quelle volupté de le voir
« couler en crême dans son verre,
« de le sentir s'étendre sur la langue,
« chatouiller délicatement le gosier
« & animer l'esprit & les sens ! Quels
« délices de se préparer ainsi aux

B ij

« plaisirs de Cytheré, & d'allumer
« le flambeau du charmant Cupidon
« dans les propres foyers de Bachus !
« Quelle douceur de perdre la rai-
« son dans une si flatteuse yvresse,
« de noyer la pudeur dans ce torrent
« de sensualité, & de ne se retrouver
« que dans les transports de l'amour.

 « Ce n'est pas tout; songez que vo-
« tre retour au Théâtre est une justi-
« ce que vous devez à ce bon Abbé
« P***. Le pauvre Diable, vous lui
« avez joué un tour cruel l'année
« passée; souvenez-vous dans quel
« état vous le mîtes. Il lui sembloit
« que JEPHTE' ne valoit plus rien,
« quand vous eûtes renoncé à votre
« rôlle, JEPHTE', sa gloire & son
« triomphe, JEPHTE' son époque
« universelle. Il n'osoit plus en par-
« ler qu'en cachette. Vous l'aviez
« dégradé de noblesse; c'est réha-
« biliter le Poëme, que de repren-
« dre dans ces circonstances; c'est
« rendre la vie à l'Auteur, & je pa-

" rierois bien que vous en recevrez
" quelques Madrigaux de deux ou
" trois cens vers, qu'il fera mettre
" au Mercure, & qui immortalise-
" ront ainsi vos talens, & sa recon-
" noissance.

" Une considération beaucoup
" plus forte, c'est l'empressement du
" Public pour vous. J'en ai entendu
" les cris & les gémissemens ; vos Di-
" recteurs sont désolés ; ils sentent
" bien qu'on desertera leur Specta-
" cle si vous n'y revenez. Vous pou-
" vez mettre à profit ces heureuses
" circonstances, pour vous faire
" faire d'excellentes conditions.

" Vous trouverez à accumuler ;
" vous rapporterez chaque jour de
" beaux & bons Louis qui n'empê-
" cheront pas qu'on ne vous donne
" quatre mille francs d'appointe-
" mens. Vous vous verrez claquer
" par un Partere idôlâtre une de-
" mie heure avant que vous paroif-
" siez ; Vous entendrez votre nom

" retentir par tout, & voler jufqu'
" aux Cieux.

" Vous allez défefperer la PELI-
" CIER, & joindre à votre réputa-
" tion toute la gloire qu'elle a ac-
" quife elle-même : Vous n'aurez
" qu'à vouloir fa retraite, pour vous
" conferver on la bavira : On eft
" prêt à tout facrifier pour vous ob-
" tenir. Ainfi, Honneurs, Richef-
" fes, Plaifirs, voilà le cortege
" qu'on vous offre : y a-t-il à balan-
" cer ?

L'Orateur auroit pû s'épargner
quelque chofe de cette harangue;
il n'en auroit pas moins perfuadé;
car on ne lui fit pas de grandes dif-
ficultés, & il les leva aifément.

Mademoifelle LE MAURE, fur
ces offres, bâtiffoit déja mille Châ-
teaux en Efpagne; huit mille livres
de rente, & quatre mille d'appoin-
tement, font douze mille, difoit-elle
en calculant fon revenu; près de
fept mille livrés de recette journa-

liere , & manuelle , & la penſion du
Prince ... " Oh ! pour la penſion du
" Prince, reprit l'Abbé, je ne puis
" vous cacher qu'elle vous ſera ôtée:
" mais qu'eſt-ce que c'eſt ? Les al-
' lants, les venants, les petits pro-
" fits accidentels , un caprice de
" Fermier General, un moment de
" curioſité d'un Anglois, une legere
" tentation d'un Allemand ou d'un
" Suedois , le moindre ſouper de
" quelque Magiſtrat du bel air, le
" concert de quelque Marchand qui
" veut ſe mettre à la mode, la plus
" courte promenade à Saint Cloud ,
" vous vont récuperer au centuple
" de cette perte.

Enfin tant fut procedé qu'elle en-
gagea ſa parole d'honneur, auſſi har-
diment que ſi elle en avoit, & l'Abbé
ſe dépêcha d'aller rendre compte de
ſa négociation. On ne tarda pas à ter-
miner cette affaire ; on avoit peur de
l'Abbé B*** ; il étoit à craindre que
ne négligeant rien pour conſerver

les Brebis de son troupeau, il ne vint rompre les mesures qu'on avoit prises.

En effet, la Sœur, que notre Actrice avoit mise dehors dès qu'elle eût conçu son nouveau dessein, étoit allé trouver ce respectable Directeur, & lui avoit fait part des soupçons qu'elle avoit formés. Le zele du salut des Ames dont il est consumé, le fit voler chez cette ouaille inconstante; il lui demanda des nouvelles de sa chere sœur.

Mademoiselle LE MAURE, entre toutes ses bonnes qualités a celle d'être naïve ; nous nous sommes sépa-s, lui répondit-elle ; Ah ! reprit le vertueux Ecclesiastique, " qui peut avoir donné lieu à cet évennement?

" Vous êtes si douce & elle est si " raisonnable : Comment l'Ange en- " nemi a-t-il trouvé moyen de vous " aliener contre elle ? Vous n'êtes "point encore assez dévote pour " marquer par des querelles d'éclat l'ap-

" l'approche des folemnités. Te-
" nez, ma chere fille, il me vient
" une idée qui m'afflige étonnament,
" vous êtes trop bonne, trop facile ;
" c'eft quelques mauvais confeils qui
" vous ont été donnés ; allons, a-
" vouez le moi ; il eft peut-être en-
" core temps de vous reconcilier,
" & je m'y employerai de grand
" cœur.

" Mais vraiment, répondit Melle
" LE MAURE, elle a des airs avec
" moi qui ne font point fupporta-
" bles ; elle le prend fur un ton qui
" vous fcandaliferoit vous-même,
" Monfieur, affurément. M. l'Abbé
" D * * * a été cent fois témoin de
" fes procedez ridicules. Je vous ci-
" te-là un homme refpectable, un
" homme de votre état.

" Mademoifelle, je fçai ce que
" c'eft que cet homme refpectable ;
" voilà donc votre Confeil ?......
" ouy, Monfieur, reprit-elle, & fans
" doute je ne fçaurois mieux faire ;

C

« Qu'eſt-ce que je peux voir de
« mieux que des gens d'Egliſe ?

« Sans vous dire qu'il y a bien des
« claſſes differentes de ceux qui ſont
« habiles comme moi, repartit M.
« B * * * ſans entrer dans de gran-
« des diſcuſſions, ſur cet article,
« ſçachez qu'il n'eſt pas poſſible qu'il
« vous ait conſeillé de rompre avec
« une ſœur, s'il n'avoit point deſſein
« de vous faire abandonner le parti
« qu'on vous a fait prendre. Je ne
« veux rien vous cacher ; il m'eſt
« revenu qu'on tend à vous faire
« rentrer à l'Opera ; la choſe ſeroit-
« elle vraye ? auriez-vous oublié vos
« promeſſes ? ne ſongeriez-vous plus
« aux douces larmes que vous avez
« verſées dans les momens de votre
« retour à Dieu ? ne penſeriez-vous
« plus à cet attendriſſement qui
« ſembloit être le gage de votre ſta-
« bilité dans la Juſtice ? Seroit-il
« poſſible que vous ne fremiſſiez
« point en ſongeant à ce que je vous ai
« cent fois dit du danger des rechutes ;

« Quoi, Dieu vous a été chercher
« lui-même, & difcerner dans une
« foule corrompue ! Il a fait enten-
« dre fa voix à votre cœur, & main-
« tenant vous vous bouchez les oreil-
« les à fes infpirations ! Non je ne le
« puis croire, ma chere fille, confo-
« lez-moi, en m'apprenant que c'eft
« une fable, & que......

Et toujours la naiveté de Melle LE
MAURE; « Oh ! Monfieur, je ne puis
« vous dire ce que vous me deman-
« dez-là, reprit-elle ; le bruit qu'on
« fait courir eft vrai.

« Helas ! repondit le Miffionnai-
« re, helas ! en quel état je vous re-
« trouve ; vous me faites frémir ! &
« encore vous m'en parlez comme
« d'un parti pris fans regret. Vous
« ne me laiffez pas efperer qu'on
« puiffe vous faire changer ; vous
« ne me flattez point que de cha-
« ritables remontrances......

Elle interrompit encore là le dif-
cours : « Mais vraiment, dit-elle, je
C ij

« me garderai bien de vous donner
« cette esperance. J'ai engagé ma
« parole d'honneur, & je ne fçau-
« rois.....
    « Que dites-vous, de parole
« d'honneur, s'écria l'Abbé B***,
« eſt-ce que vous ne m'en aviez pas
« donné une de renoncer pour ja-
« mais à ce qui s'appelle les enchan-
« temens du Théâtre, & les écueils
« du monde ? Laquelle de ces deux
« promeſſes eſt, à votre avis, la plus
« importante à tenir ? vous faites
« donc un ſcrupule de manquer à
« votre parole avec le Diable, qui
« eſt le pere du menſonge, & vous
« ne craignez point de la fauſſer à
« Dieu qui eſt la vérité même.
    Il lui dit, ſelon les apparences,
bien d'autres belles choſes qui n'o-
pererent rien ; il ſortit comme il
étoit entré, avec le regret de plus,
de ſçavoir que l'Abbé D**** étoit
meilleur Prédicateur que lui.
    Enfin toutes les entrevûes faites,

& le marché conclu, celui qui avoit regagné Melle LE MAURE à l'Opera, reçut quinze cens francs de pot de vin.

L'Abbé P*** ne sçut pas plûtôt que notre Actrice avoit repris le Rôle D'IPHISE, & se trouvoit aux répétitions, qu'il se fit razer par extraordinaire, poudrer sa Perruque, mettre une piece nouvelle à son manteau, & appuyé sur sa béquille, tout en faisant des vers, prit la route de la rue(a)neuve des petits Champs. Il s'arrêta au Café de Foy, [b] & écrivit, ainsi que l'Abbé D** * l'avoit prédit, un petit compliment de quatre pages qu'il avoit composé chemin faisant.

La reconnoissance de l'Actrice pour cette piece de Poësie lui fit envoyer le lendemain à ce Poëte prolixe, une Perruque neuve trou-

a Où demeure la Demoiselle LE MAURE.
b Caffé qui traverse de la rue de Richelieu dans le Palais Royal.

vée toute faite dans un des magaſins
du Quai des Morfondus, ou pour
parler plus exactement, Quay de
l'Horloge.

Dans le courant des répétitions
M. T** la pria à dîner; elle but chez
lui d'un certain vin qu'elle trouva ſi
bon, qu'elle lui fit connoître qu'elle
en voudroit avoir quelques douzai-
nes de boutc ..es. Il lui en envoya
cent le lendemain. Pendant que les
Porteurs les arrangeoient dans le
Sable de la Cave, elle dépêcha vers
le Directeur, pour lui dire que ſon
deſſein ſeroit de donner douze
francs à ces hommes-là : mais qu'elle
ſe trouvoit à ſec. Il entendit ce que
cela ſignifioit, & lui envoya la ſom-
me en queſtion, en lui mandant que
le taux de ces Porteurs étoit vingt-
quatre ſols ; mais qu'il ne vouloit pas
s'oppoſer à ſa généroſité. Elle profita
de l'avis, & ſur les douze francs
garda dix livres ſeize ſols, en ne gra-
tifiant les Commiſſionnaires que de
leur ſalaire accoutumée.

Dans les derniers momens qui approchoit Melle LE MAURE de son nouveau début, il lui vint de petits embarras dans l'Ame. Elle consulta un homme d'esprit pour y mettre ordre ; elle sentoit bien l'effet que produiroit sa démarche. Elle témoigna qu'elle appréhendoit les brocards du public malin , & qu'elle voudroit trouver quelque expedient pour éviter l'éclat.

Je n'en ferois pas à deux fois, lui dit ce galant homme ; je ne vois pas d'autre moyen que de garder *l'incognito*. *L'incognito* sembla bon à la Demoiselle ; elle l'adopta. Ouydà, *l'incognito* ; voilà qui est fort bien imaginé : Eh ! comment s'y prent-on ? comment garde-t-on *l'incognito*? mais , en changeant de nom. Par exemple. Faites-vous nommer Melle LE BLANC, enfin on verra.

Eh ! dit-elle , si quelqu'un vient

badiner avec moi dans les coulisses; moi qu'on ne sçauroit toucher sans que j'acouche a comment ferois-je? vous n'avez, lui répondit-il, qu'à faire mettre des Gardes qui vous défendent contre le chiffonnement.

Toutes ces précautions ainsi prises, le jour, le grand jour arriva. L'Assemblée étoit aussi nombreuse que si Sa Majesté eût dû honorer le Spectacle de sa présence. On avoit fait retenir des Loges dès qu'on avoit eu le moindre vent du retour de Mademoiselle LE MAURE. Le Parterre & l'Amphithéâtre étoient pleins à une heure après midi; on en sortoit dès les deux pour changer de chemise, & l'on s'y trouvoit mal à trois. Enfin ces deux parties du Spectacle se renouvellerent presque deux fois, & il y avoit encore à la porte plus de gens qui ne purent point entrer.

La voilà enfin sur le Théâtre. Je

a Phrase familiere de la Demoiselle LE MAURE.

ne vous dirois pas bien quelle récep-
tion on lui fit; vous connoissez la fureur du François pour les objets dont
il est frappé, & vous en ferez un
tableau plus fini que mon expression
ne le pourroit faire. Cet acharne-
ment ne diminua en rien les deux
autres fois qu'elle chanta. L'Opera a
fait une recette plus forte d'un cin-
quiéme à chaque représentation ,
qu'il n'avoit fait pour la Capitation
des Acteurs.

Vous remarquerez , Madame ,
qu'elle n avoit pas voulu paroître dans
ces jours privilégiés , ne se souciant
pas de rendre ce service à ses cama-
rades , qu'elle méprise & voudroit
écraser, & pour entraîner sous leur
ruines Melle PELICIER sa brillante
Rivale , dont elle brigue le Rôle
pour après Pâques dans PIRAME &
THISBE'

Ainsi, sans être grand Astrologue,
on peut assurer qu'elle nuira plus à
l'Opera qu'elle n'y aura fait de bien,

par là défertion qu'elle va caufer.

Voilà tout ce que je peux vous dire pour le prefent de cette célebre fille. Mais je vous affûre de nouveau, que je vais confulter tous ceux qui pourront m'aider à fatisfaire votre curiofité fur fon origine, & l'hiftoire de fa vie. Je ne tarderai pas à vous envoyer ce que je recueillerai à ce fujet, & j'efpere avant qu'il foit quinze jours vous prouver de nouveau par là, combien j'ai à cœur de vous perfuader du refpectueux attachement avec lequel je fuis,

MADAME,

Votre, &c;

De Paris, ce 4 Avril 1740.

P. S. Je joins à ma Lettre deux petites pieces de Vers que l'événement dont je vous rends compte a occafionné.

PARODIE

DE LA QUATRIE'ME SCENE

DU TROISIE'ME ACTE

DE LA TRAGEDIE

DE ZAÏRE.

On avertit que ce qui eſt imprimé en *Italique*, eſt ce qui a été conſervé des expreſſions mêmes de la Piece parodiée.

PARODIE

DE LA QUATRIE'ME SCENE
DU TROISIE'ME ACTE
DE LA TRAGEDIE
DE ZAÏRE.

LA LE MAURE ET SA SOEUR.

LA SOEUR.

ENfin, *ma chere sœur, je puis donc vous parler,*
Malgré les surveillans j'ai sçu *nous rassembler,*
Je voulois amener qui vous servoit *de Pere.*

LE MAURE.

L'Abbé B***

LA SOEUR.

Ma Sœur, je ne puis vous le taire,
Pour vous ravir au Diable il a fait mille
efforts ;
Il l'avoit mis à bout par de vainqueurs res-
sorts :
Des plus nobles projets *son ame étoit remplie;*
Il est au desespoir de votre apostasie ;

D

Et *pour comble d'horreurs* dans *ces fatals mo-
ments,*
Son Confessional est plein de mille gens,
Il n'aura pas fini la derniere semaine ;
Aussi-tôt qu'il m'a vûe; est-elle encore *Chré-
tienne ?*
M'a-t-il dit.

LE MAURE.

Quoi ma sœur! pouvez vous donc *penser,*
Qu'à ma Loi , comme un chien, *j'aille ici renoncer.*

LA SOEUR.

Vous parlez de la *Loi!* Quel discours ri-
dicule !
Sa Clarté pour vos yeux n'est plus qu'un
crepuscule ;
Vous avez oublié *le gage précieux ,*
*Qui vous lava du crime & vous ouvrit les
Cieux,*
Quelle honte à présent voit-on dans la *fa-
mille ,*
Elle veut vivre en femme & toujours rester
fille.
Quittez votre Levite, * & rompez *aujour-
d'hui ,*
Le Talismant fatal *qui vous attache à lui.*

LE MAURE.

Oui ma Sœur ; mais l'argent est le *Dieu
que j'adore ;*

* L'Abbé D * * *

Votre Abbé n'en a point, ou du moins je
   l'ignore.

Mais d'ailleurs j'ai signé l'acte qui fait ma
   Loi ;

Et ce pauvre Public est plus que fou *de moi.*

Que faut-il ......

LA SOEUR.

           Du Théâtre abandonner le *Maître,*

Et prendre garde, enfin, à la sœur de Bis-
   cêtre; (*a*)

La prison (*b*) étoit belle au prix de ce séjour,

Puisque c'est là l'endroit où se purge l'a-
   mour ;

Est-ce à moi d'en parler ? mais à mon sang
   fidele.

En cette occasion je dois montrer mon *zele.*

Le Ministre *Sacré* (*c*) *viendra jusqu'en ces lieux*

Si-tôt qu'il le pourra, pour *défiller vos yeux.*

Songez à vos serments ; car au Théâtre même

Vous allez contre vous prononcer *l'anathê-
   me* (*d*)

   a La Salpétriere ; cela s'entend de reste.

   b Le For-l'Evêque, où la LE MAURE fut con-
finée & conçut le dessein de quitter le Théâtre.

   c M. l'Abbé B * *

   d Des gens qui veulent faire honneur à l'esprit de
la Demoiselle LE MAURE, disent qu'elle a senti que
le dernier monologue qu'elle chante dans JEPHTE'
est la condamnation de sa conduite, & qu'elle y a
même versé des larmes sur le Théâtre.

Auprès de vous, ma sœur, laissez moy revenir,

A quelque titré hélas ! qu'il faille l'obtenir ;

Mais affranchissez vous de *ce Serail profane,*

Et d'un petit Collet ne soyez plus Sultane ;

On m'a dit qu'il étoit depuis peu Franc-
Maßon.

Craignez qu'il ne vous joue un tour de sa
façon,

Vous m'entendez (a) *je n'ose en dire davantage ;*

Ciel ! nous réserviez-vous à ce dernier outrage !

LE MAURE.

Cruelle, poursuivez ; vous ne connoißez pas

Mon secret, mes tourments, mes vœux, mes
attentats.

Je ne suis plus, hélas ! qu'une fille *égarée,*

Mon honneur n'est plus rien, je suis *deseʃpe-*
rée,

Ma Rivale en est cause *(b),* & c'est *avec ar-*
deur,

Que j'entre à l'Opera pour lui perçer le
cœur.

Au moment qu'elle en sort j'y deviens
néceßaire :

J'y captive à la fois les Loges & le Parterre.

a Préjugé vulgaire sur le secret que gardent les
Frey-Maçons.

b La Demoiselle PELICIER dont elle est jalouse
de toutes les façons.

*Mais parlez-moi, ma sœur, & ne me cachez
rien ;*
Dites, quelle est la Loy de l'Empire Chrétien ?...
Quel est le châtiment pour une infortunée,
*Qui, depuis un long tems, s'étant aban-
donnée,*
*Sous les Loix de l'Hymen, chercheroit un
appui,*
Aimeroit un Abbé, puis s'uniroit à lui ?

LA SŒUR.

*A rotir comme un Porc..... mais par ma
fuite prompte*
Je me........

LE MAURE.

c'en est assez, fuis, & préviens ta honte.

LA SŒUR.

Qui, vous, ma Sœur ?

LE MAURE.

Cessez, ma Sœur, de m'accuser ;
D*** m'adore, & je veux l'Epouser.(a)

LA SŒUR.

*L'épouser ! bon, quel conte & quelle erreur
extrême !*
Vous radotez, je crois ;

LE MAURE.

Fuis, te dis-je, je l'aime.

LA SŒUR.

Opprobre malheureux du sang dont vous sortez !

a Comme on épouse sans doute à l'Opera.

D iij

'Ah! depuis mon exil(*a*) combien vous vous
    gâtez !

'Tiens, *si je n'écoutois que ta honte & ma gloire* !

'L'honneur d'éternifer un beau jour ma *mé-*
    moire :

Si *l'amour de la vie & l'horreur du trépas* ;

Si la potence, enfin , *ne retenoit mon bras* ,

Après Pâques *j'irois* fur le Théâtre *même*,

Avec un bon Couteau tuer L'Abbé *qui t'aime*,

De fon indigne flanc le plonger dans le tien ,

Et m'emparer bientôt aprèsde tout ton bien.

Ciel ! quand B * * avoit di· à toute *la terre*

Que tu devois toujours faire au Diable *la*
    guerre,

'*Que* peut-être *bientôt* , *frappant des coups*
    plus furs ;

L'Opera par fes foins verroit croûler *fes*
    murs ;

Sa prozélite, ô Ciel ! vient d'être *r'alliée* ,

Et dans ce vil bercail j'aprens qu'elle eft *liée* ;

Quoi ! *je vais donc apprendre* au Saint Homme
    trahi ,

'*Qu'un* Théâtre *eft le Dieu que* ma Sœur *a*
    choifi.

Je crains qu'à ce récit auffi-tôt il n'*expire* ;

Ce coup feroit pour lui plus dur que le
    Martyre.

    a On fçait que depuis quelque tems elle avoit
banni fa Sœur de chez-elle.

LE MAURE.

Arrête, c'en est trop… *Arrête, connois-moi :*
Car je suis pour le moins méchante autant
    que *toi.*
Sçais-tu que je devrois, avec un tel *langage,*
Ordonner qu'à ma porte on te fit un *outrage?*
Que dis tu de Potence & d'horreur du
    trépas ?
Seroit-ce pour mon bien ? Tu ne *l'obtien-*
    drois *pas.*
Une idée à l'inftant redouble mon *courage,*
Ma foi tu n'auras rien à dire *davantage.*
Si de l'INCOGNITO [*a*] j'empruntois le *fecours,*
Oui-da ! depuis long tems on ne m'a vûe au
    Cours ;
Je n'ai même chanté dans aucun lieu *profane;*
Oh! l'excellent moyen, ma fœur, ou Dieu
    me damne.
Car pour flatter L * * * & fon cœur trop
    charmé . . . .
Helas, *Pardonnez-moi ; qui ne l'auroit aimé ?*
Il a tout fait pour moi; fi T ** m'a *choifie,*
C'eft par lui que j'ai vû *fa fierté radoucie.*
C'eft lui qui du Public *a ranimé l'efpoir ;*
A lui feul il devra le bonheur de me voir *;*
Et je le dis encor, l'argent a ma *tendreffe.*
Je vous fais part ici de toute ma *foibleffe.*

    a Voyez la Lettre ci-devant, où le merveilleux
expédient eft détaillé.

Il faut bien amaſſer pour vivre plus d'un
    jour ;
Eh ! comment refuſer & l'argent & *l'amour?*

LA SOEUR.

Tu te mocque de moi , bon , bon , *la Pro-*
    vidence
Sçauroit récompenſer, ma Sœur, ton *inno-*
    cence.
Je te pardonne , hélas! ces combats odieux ;
Peut-être que ton cœur ſera *victorieux.*
C'eſt dans l'occaſion qu'on voit les grands
    courages ,
Il ne faut point s'abbattre au milieu des
    Orages ;
Et ton honneur, ma Sœur, eſt bien plus
    engagé ,
Quand le Théâtre encor tient *ton cœur par-*
    tagé.
Pour l'argent , pour l'amour , tu dis que
    tu *foupire ;*
De ton tempéramment , [*a*] il faut être
    Martyre.
Achevons donc ici ce que j'ai commencé ,
Achevons ; de remords je vois *ton cœur preſſé ;*
De ne pas conſommer cette chienne d'affaire
Fais moi , ma chere Sœur, un ferment bien
    ſincere ;
Que L*** à préſent te paroît *odieux ,*

----

a A beau prêcher à qui n'a cœur de bien faire.

Même avant que B * * ait éclairé tes yeux ;
Voilà, voilà de quoi je veux qu'il te sou-
vienne.

LE MAURE.

Eh ! de quoi diable ici vas-tu te mettre en
peine ?
Tu me fais enrager. Et oui, *je te promets*
Qu'aux loix du plus offrant, ma sœur, *je*
me soumets.
Va t'en, & prends le soin de fermer ma por-
tiere, [a]
De crainte que le vent ne souffle à mon
derriere.

LA SOEUR.

Je pars, adieu, ma Sœur, adieu, puisque mes
vœux
Ne peuvent t'arracher au Magasin honteux,
Je reviendrai bientôt, suivant un autre thême ;
Avec un bon bâton te régaler *moi-même.*

a On n'ignore pas que l'œconomie de la Demoiselle LE MAURE a souvent exigé de sa Sœur l'office
de Laquais.

Fin de la Parodie.

EPIGRAMME.

Avec un fameux Conquérant
Mettons le Maure en paralelle.
La Nature en les engendrant,
Sur la taille de l'un prit pour l'autre modele.
Dans l'action Alexandre fut grand.
On en peut bien dire autant d'elle ;
Maint déduit en est le garand.
L'un chérissoit ardemment la victoire
Et rançonnoit cependant les vaincus ;
L'autre, idolâtre des Ecus,
Ne néglige pas l'accessoire.
Alexandre brigua la gloire
De se faire aux Autels chanter des Oremus ;
Pour un rapport exact rien ne manqueroit
plus,
Sinon que la LE MAURE eût eu part à
l'Histoire
Où l'on fit offrande à des....

CENTURIE

Tirée des Prédictions de Noſtrada-
mus, Edition de 1750.

DAns Lutece on verra Mars ſe faire
Amphion,
Le Negre féminin rebaudira la Scene,
Quand du Temple des Lys ardera Pavillon
Bâtiſur le Rivage où ſe roule la Seine.

www.ingramcontent.com/pod-product-compliance
Lightning Source LLC
Chambersburg PA
CBHW061701180626
46818CB00003B/1215